AF299736

LES

DOUZE BONS MOIS

DÈ L'ANNÉE

ET LES

TROIS GRANDS ÉVÉNEMENTS

D'UN PETIT VOYAGE.

Deux Chansons Nouvelles de 1860

PARIS

Ledoux-Stremsdoerfer, passage du Caire, 36-38

1860

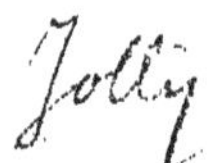

LES DOUZE BONS MOIS

DE L'ANNÉE

ET

LES TROIS GRANDS ÉVÉNEMENTS

D'UN PETIT VOYAGE

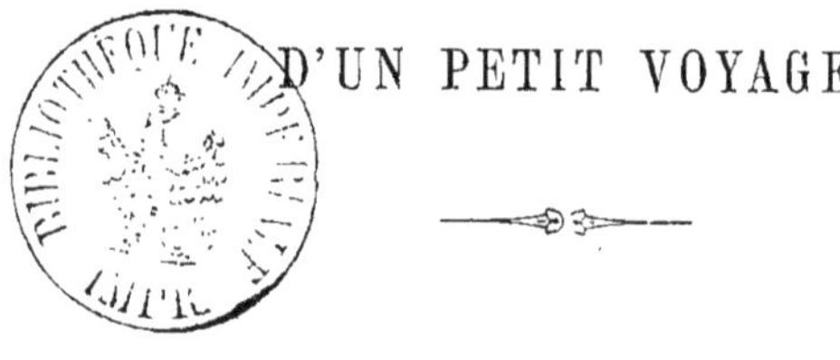

Deux Chansons nouvelles de 1860

COMPOSÉES PAR

LE GRAND-PAPA JEAN

Ex-Teinturier Parisien

RETIRÉ DÉLICIEUSEMENT DANS SON PETIT CHATEAU DE MONTMORENCY

Pour être chantées par lui, en famille, le jour de l'accomplissement
de sa soixante-dixième année

Ledoux-Stromsdoerfer, passage du Caire, 56-58
1860

Paris — Imp. Boisseau et Angros, pass. du Caire 123-125.

DOUZE BONS MOIS

DE L'ANNÉE

Au point de vue du Grand-Papa JEAN

Sur l'air : Plus on est de fous, plus on rit

JANVIER (1861)

Salut, Janvier qui m'as vu naître,

Qui, jeune à soixante-dix ans,

A table, ici, me vois renaître

Dans mes grands et petits enfants ;

Fais qu'aux cinquante ans de ménage,

Tous, en noce, et dans ce château,

Redisent sous ton patronage :

Dieu, que c'est joli ! Dieu, que c'est joli ! que c'est beau !

Dieu, que c'est joli ! que c'est beau !

Dieu, que c'est joli ! que c'est beau !

FÉVRIER

Ton petit mois a bien ses charmes ;

Février, tu plais en ce lieu ;

C'est toi qui, calmant les alarmes,

Vient m'y dire, au coin de mon feu :

« Vieillard, un peu de patience,

« Car, précédant le renouveau,

« Je suis le mois de l'espérance. »

Dieu, que c'est joli ! etc.

MARS

Avec Mars, chassant les gelées,

Que j'aime à revoir le printemps,

Les jours plus longs, les giboulées :

Enfin, les douceurs du bon temps.

Déjà fleurissent en cachette,

Sous la charmille et sous l'ormeau,

Ma pervenche, ma violette.

Dieu, que c'est joli ! etc.

AVRIL

D'Avril j'admire la verdure,

Les gais oiseaux et leurs chansons,

Et surtout la bonne nature

Ouvrant mes feuilles, mes boutons.

Là, je suis heureux de ma peine,

Quand, nombrant mes fruits à couteau,

J'en compte un million, en moyenne.

Dieu, que c'est joli ! etc.

MAI

Joli mois de Mai que j'adore,

Merci, te voilà revenu,

Fidèle et m'apportant encore

Des feuilles pour..... assez ! connu !

Des feuilles éclipsant la lune

De mes bosquets, de mon berceau,

Et qui le jour y font la brune.

Dieu, que c'est joli ! etc.

JUIN

De mon jardin, quoi qu'on en dise,

Juin, tu restes le mois parfait;

Toi seul, partout, y poétise

Son vert feuillage au grand complet.

Pour saint Jean, de ses fleurs écloses,

Composant le plus frais tableau,

C'est toi qui l'émailles de roses.

Dieu, que c'est joli ! etc.

JUILLET

Juillet, ta date est attrayante,

Et ranime, ici, mes vieux jours :

J'y rêve ton mil huit cent trente,

J'y revois Paris, mes amours.

Par ma lunette grand calibre,

Y contemplant ton cher drapeau,

J'y crois le peuple toujours libre.

Dieu, que c'est joli ! etc.

AOUT

C'est en Aout, sans rien omettre,

Que pour mon parfait agrément,

J'ai fait dans mon jardin champêtre

Un merveilleux couronnement.

Ce chef-d'œuvre de ma besogne

Sont mes rochers, ma pièce d'eau

Et mon petit bois de Boulogne (*).

Dieu, que c'est joli ! etc.

SEPTEMBRE

Aux teinturiers toujours propice,

En ces lieux, Septembre, gaîment,

Me revoit fêter saint Maurice,

Au fier manteau teint de son sang.

Moins fous que lui dans nos bamboches,

C'est du plus vieux de mon caveau

Qu'ici nous teignons ses brioches.

Dieu, que c'est joli ! etc.

(*) Août 1852; bien avant la transformation du vieux bois de Boulogne.

OCTOBRE

Octobre, depuis des années,

Tes mois nous deviennent plus chers,

Et semblent, de nos destinées,

Devoir réformer les hivers.

En eux, ici, j'ai confiance,

Car, dans mon jardin, de nouveau,

Tout y fleurit, comme en Provence.

Dieu, que c'est joli ! etc.

NOVEMBRE

Mais, hélas ! vendanges sont faites,

Pensons à nos prochains loisirs ;

Rangeons nos rateaux, nos brouettes,

Novembre apporte ses plaisirs.

Déjà de nos joueurs intimes,

J'ai formé l'aimable troupeau ;

D'avance, j'y vois mes victimes.

Dieu, que c'est joli ! etc.

DÉCEMBRE

Malgré ta mine un peu sévère,

Décembre, sois le bien-venu :

Ma cave a son calorifère,

Mon salon est très-bien tenu,

Mollement assis sur mon siége,

J'aime à revoir le noir corbeau

Et tomber la première neige.

Dieu, que c'est joli ! Dieu, que c'est joli ! que c'est beau !

Dieu, que c'est joli ! que c'est beau !

Dieu, que c'est joli ! que c'est beau !

JOLLY Père.

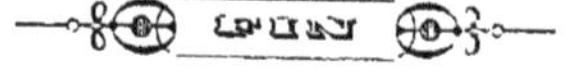

LES

TROIS GRANDS ÉVÉNEMENTS

D'UN PETIT VOYAGE

ENTREPRIS LE 10 AOUT ET TERMINÉ LE 14 SEPTEMBRE 1860

Par le Grand-Papa JEAN

MÊME AIR ET MÊME REFRAIN QUE LA PRÉCÉDENTE

1

Oui, c'est un de mes bons voyages ;

J'ai visité enfants, amis,

Et j'ai conseillé leurs ménages

Comme je me l'étais promis.

De ces jours ! O sainte influence,

Chaque couple a même drapeau

Et réciproque confiance.

Dieu, que c'est joli ! Dieu, que c'est joli ! que c'est beau !

Dieu, que c'est joli ! que c'est beau !

Dieu, que c'est joli ! que c'est beau !

II

Croyant aux bonnes destinées,

J'allais, fort de mes souvenirs,

Cherchant, après cinquante années,

Les lieux de mes jeunes plaisirs.

Du pont d'Avignon! quelle chance!

J'ai revu un petit morceau, (*)

Et des Papes la résidence. (**)

Dieu, que c'est joli! Dieu, que c'est joli! que c'est beau!

Dieu, que c'est joli! que c'est beau!

Dieu, que c'est joli! que c'est beau!

III

Mais, de ma vie aventureuse

Grenoble a comblé le destin :

J'ai vu, de sa Grande-Chartreuse,

L'admirable aspect d'un matin.

Au centre de ses monts sauvages,

Des froids chartreux, dans leur tombeau,

J'ai vu grimacer les visages.

Dieu, que c'est affreux! Dieu, que c'est affreux! que c'est beau!

Dieu, que c'est affreux! que c'est beau!

Dieu, que c'est affreux! que c'est beau!

(*) Historique.

(**) L'ancien et bien remarquable Palais des Papes, dont les murs ont généralement deux mètres d'épaisseur, et qui sert maintenant de caserne.

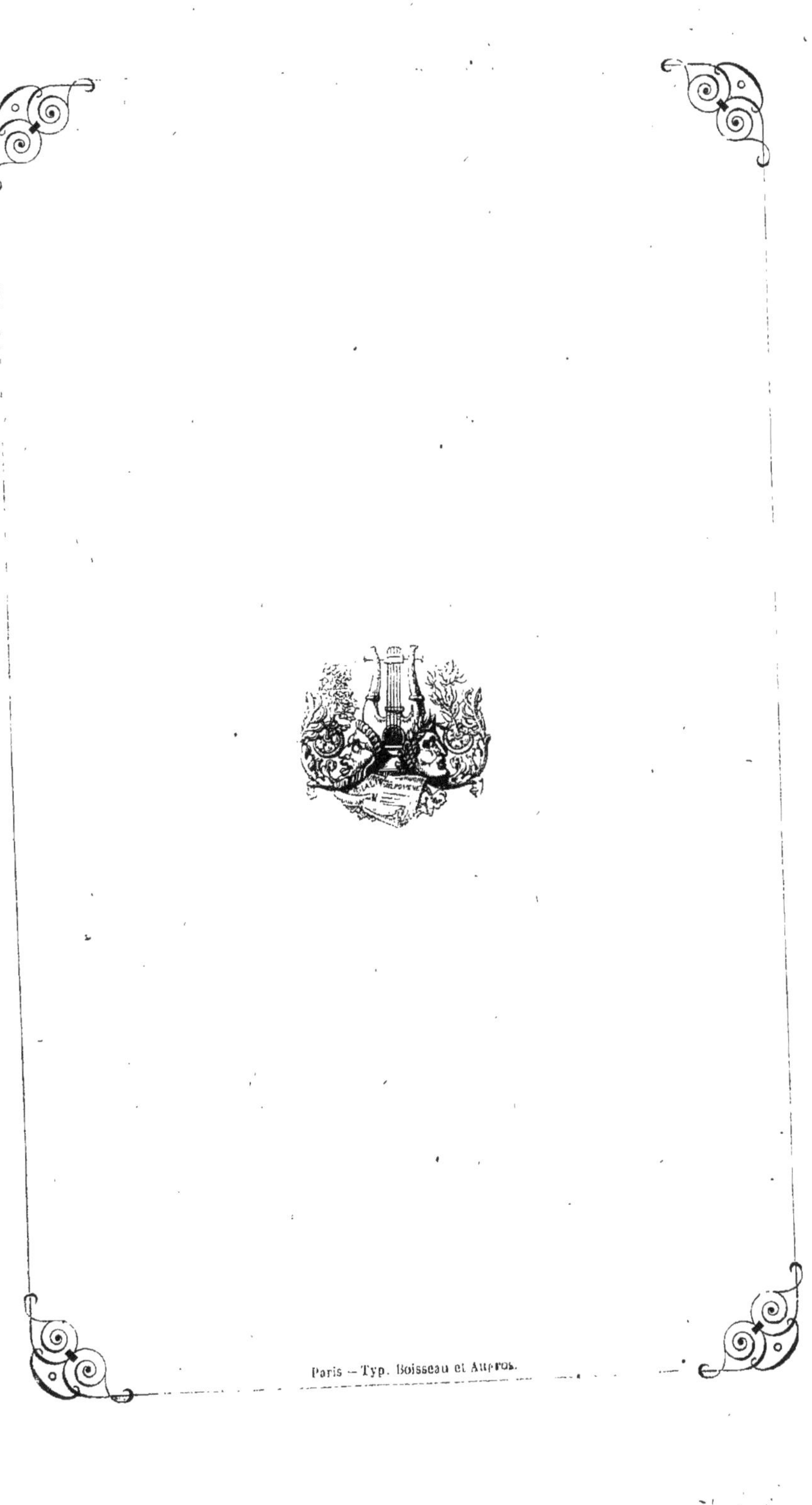

Paris — Typ. Boisseau et Auffros.

www.ingramcontent.com/pod-product-compliance
Ingram Content Group UK Ltd.
Pitfield, Milton Keynes, MK11 3LW, UK
UKHW020149080726
13614UKWH00005B/2485